Apreciado compañero pirata,

¿Quieres ser RICO?
¿Conseguir los TESOROS más maravillosos que hayas imaginado,
encontrar pepas de ORO tan grandes como vigas de barcos?
¿Y DIAMANTES y RUBÍES del tamaño de tu cabeza?
Solo sigue el MAPA de la sobrecubierta
y obtendrás tu RECOMPENSA*.

De un amigo xxx

*Aplican
condiciones

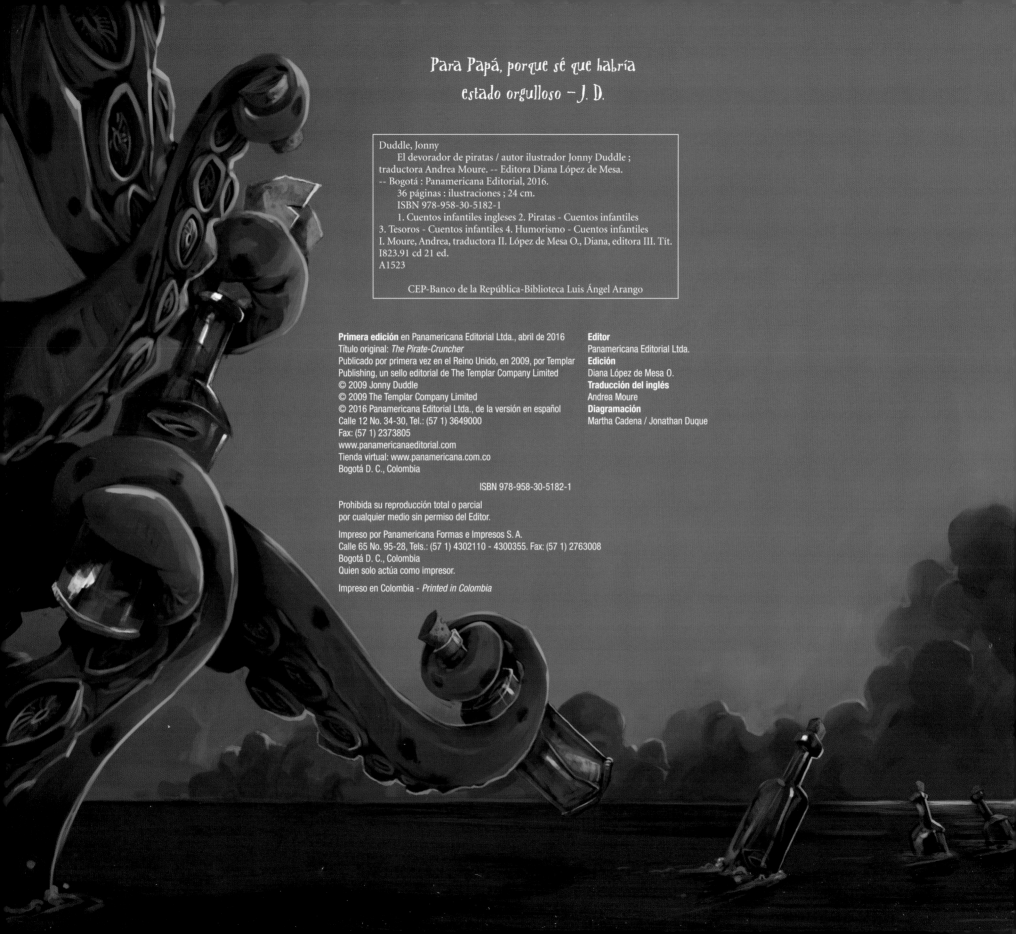

Para Papá, porque sé que habría
estado orgulloso – J. D.

Duddle, Jonny
    El devorador de piratas / autor ilustrador Jonny Duddle ;
traductora Andrea Moure. -- Editora Diana López de Mesa.
-- Bogotá : Panamericana Editorial, 2016.
    36 páginas : ilustraciones ; 24 cm.
    ISBN 978-958-30-5182-1
    1. Cuentos infantiles ingleses 2. Piratas - Cuentos infantiles
3. Tesoros - Cuentos infantiles 4. Humorismo - Cuentos infantiles
I. Moure, Andrea, traductora II. López de Mesa O., Diana, editora III. Tít.
I823.91 cd 21 ed.
A1523

        CEP-Banco de la República-Biblioteca Luis Ángel Arango

Primera edición en Panamericana Editorial Ltda., abril de 2016
Título original: *The Pirate-Cruncher*
Publicado por primera vez en el Reino Unido, en 2009, por Templar
Publishing, un sello editorial de The Templar Company Limited
© 2009 Jonny Duddle
© 2009 The Templar Company Limited
© 2016 Panamericana Editorial Ltda., de la versión en español
Calle 12 No. 34-30, Tel.: (57 1) 3649000
Fax: (57 1) 2373805
www.panamericanaeditorial.com
Tienda virtual: www.panamericana.com.co
Bogotá D. C., Colombia

Editor
Panamericana Editorial Ltda.
Edición
Diana López de Mesa O.
Traducción del inglés
Andrea Moure
Diagramación
Martha Cadena / Jonathan Duque

                    ISBN 978-958-30-5182-1

Impreso por Panamericana Formas e Impresos S. A.
Calle 65 No. 95-28, Tels.: (57 1) 4302110 - 4300355. Fax: (57 1) 2763008
Bogotá D. C., Colombia
Quien solo actúa como impresor.

Impreso en Colombia - *Printed in Colombia*

EL DEVORADOR DE PIRATAS

Jonny Duddle

PANAMERICANA
EDITORIAL
Colombia • México • Perú

Todo está inusualmente
silencioso en Port Royal...

pero si escuchas con atención,
por los lados del muelle,

El Loro

Sediento

podrás oír el débil
sonido de un violín
flotando en el viento.

por los callejones y en las tabernas
iluminadas con velas,

Afuera de la posada El Loro Sediento, apareció un viejo violinista. Mientras tocaba iba cantando esta canción...

NAVEGANDO UN DÍA PUDE OBSERVAR
¡UNA ISLA DE ORO EN MEDIO DEL MAR!
TA-RA-RA-RÁ, UN TESORO VA A LLEGAR,
TA-RA-RA-RÁ POR EL INMENSO MAR.

Su estribillo llamó la atención del despreciable capitán Barbapúrpura. Tras dejar a un lado su cerveza y secarse sus labios, Barbapúrpura bramó por la ventana...

9

Para dicha del capitán el violinista respondió:

¡GARABATEÉ UN MAPA MIENTRAS NAVEGABA POR EL MAR,
PARA ASÍ EL CAMINO DE REGRESO A CASA PODER ENCONTRAR.
EL BOTÍN QUE ALLÍ SE ENCUENTRA SUPERA TU IMAGINACIÓN:
¡UN ENORME COFRE DE TESOROS
QUE NO TIENE COMPARACIÓN!

¡Aar aaRRR!

—Puedo imaginar un barco CARGADO de tesoros —rugió el capitán Barbapúrpura—. Cantidades de diamantes, rubíes y oro...

10

El violinista desenrolló
el mapa y cantó:

¡LES MOSTRARÉ EL MAPA SI ME LLEVAN ALLÍ:
HAY SUFICIENTES TESOROS COMO PARA
COMPARTIR!

—¡Que me parta un rayo! —dijo riendo el capitán—. Ese justamente es el botín que buscamos o pirata Barbapúrpura de Penzance me dejaría de llamar. Terminen su cerveza: ¡DE INMEDIATO ZARPAMOS!

¡HURRA!

13

¡TODOS A BORDO
COMPAÑEROS!

El sol estaba saliendo cuando el capitán Barbapúrpura y su despiadada tripulación abordaron su barco, el HOYO NEGRO. Detrás de ellos llegó el viejo violinista, que seguía bailando y cantando:

¡PARA ENCONTRAR ESTA ISLA
RÁPIDOS DEBEN SER,
PUES DICEN QUE HACE UN
TRUCO PARA DESAPARECER!
Y NINGUNO QUE HAYA INTENTADO
PONER UN PIE EN SUS PLAYAS
HA VUELTO A SER VISTO
EN TIERRA DE PIRATAS.

Pero el capitán solo rio entre dientes:
—Qué TONTERÍA estás diciendo.

Entonces salieron a surcar los mares. Y cuando estaban desayunando, el viejo violinista comenzó de nuevo:

HAY ALGO QUE OLVIDÉ DECIRLES AYER:
TAMBIÉN HAY UN MONSTRUO, LO DEBEN SABER.
SE COME A LOS PIRATAS QUE VAN BUSCANDO SU TESORO
Y MASTICA SUS BARCOS SIN EL MÁS MÍNIMO DECORO.

—¡DESPRECIABLE LOBO DE MAR! —rugió el capitán—.
Si el MONSTRUO existe o es una farsa, para mí no es rival.
Soy el capitán Barbapúrpura.

¡El AZOTE del MAR!

Y el violinista dijo:

—¡ESTOY DE ACUERDO, TAMPOCO ME ASUSTA!

PERO ES UNA BESTIA VIEJA Y GRANDE, NO SE PUEDE NEGAR,

Y UN **BANQUETE** DE PIRATA
ES LO QUE MÁS LE PUEDE GUSTAR.

CON SUS **FAUCES ENGULLE**
TODO UN BARCO PIRATA
(AUNQUE DICEN QUE ES ALÉRGICO
A LOS LOROS ESCARLATAS).

HAY RUBÍES Y DIAMANTES DEL
TAMAÑO DE BALONES:
PLATA Y GUINEAS, ORO Y DOBLONES.
¡PERO AGARREN TODO RÁPIDO
O SUS ENTRAÑAS TOMARÁ!
EXTIENDAN PUES LAS VELAS,
TARA-RA-RA-RÁ.

Pero nadie se movía
sobre la cubierta.
La tripulación
con TEMOR y
MIEDO se miraba
mientras visiones
de monstruos
sus mentes
acosaban.

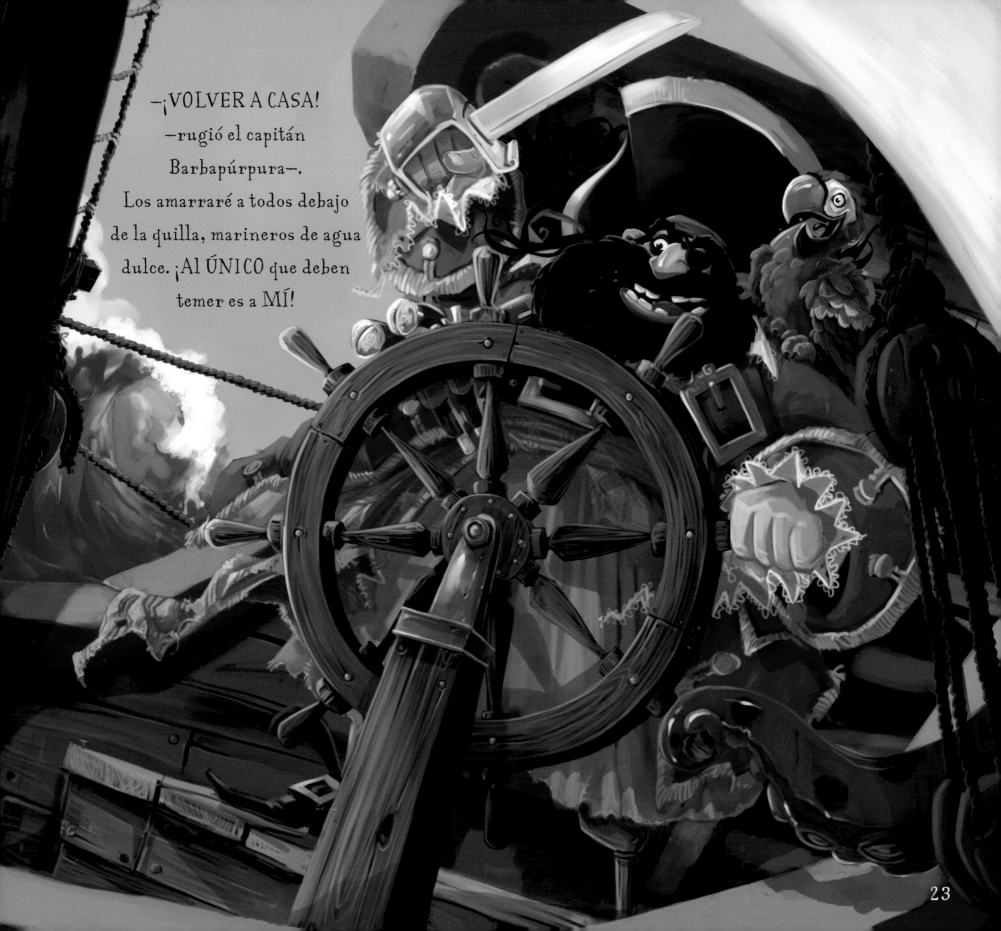

—¡VOLVER A CASA!
—rugió el capitán
Barbapúrpura—.
Los amarraré a todos debajo
de la quilla, marineros de agua
dulce. ¡Al ÚNICO que deben
temer es a MÍ!

Y con imágenes de monstruos en su imaginación
de mala gana se fue a dormir la variopinta tripulación.
Todos tuvieron pesadillas y sueños ESPANTOSOS
y el dormitorio se llenó con sus GRITOS temerosos.

Pero en la cubierta de popa el capitán estaba FELIZ,
con su cabeza llena de sueños sobre tesoros...
"Si es ORO o PLATA, eso no es lo importante,
en tanto mi RIQUEZA se haga exorbitante".

A la mañana siguiente la tripulación estaba inquieta.
No estaban seguros, pero un día antes
creían recordar que había más tripulantes...

26

y el violinista les dijo:

—SI TIENEN MUCHO MIEDO, AL PUERTO DEBEN VOLVER,
PUES DE ESCORBUTO Y VERRUGAS VAN A PADECER.
ES MUCHO MÁS SEGURO A TIERRA REGRESAR,
¿ACASO NECESITAN MÁS
RIQUEZAS ATESORAR?

—¡QUE ME PARTA UN RAYO! —dijo riendo
el capitán Barbapúrpura—.
Ya deberías saber que un pirata JAMÁS
SUFICIENTES riquezas podrá atesorar.
Y si hay una BESTIA, se debe preparar.
¡Puedo oler ese oro! ¡Ya vamos a llegar!

Y justo entonces, desde el puesto del vigía, se oyó un grito...

¡TIERRA A LA VISTA!

–¡HURRA! –gritaron
todos dejando el miedo atrás–,
la promesa del tesoro ya
CASI es una realidad.

Cuando tocaron tierra,
de extraño no vieron nada:
en su afán no oyeron al
violinista y su última
tonada...

NADANDO UN DÍA PUDE OBSERVAR
UN BARCO LLENO DE PIRATAS EN MEDIO DEL MAR.
TA-RA-RA-RÁ, LA CENA VA A LLEGAR.
TA-RA-RA-RÁ, POR EL INMENSO...